우주
여행자를
위한
한국살이
가이드북

이 책은 우주를 여행하는 비非지구인이 지구 속 한국을 조금 더 쉽게 이해하는 것을 목적으로 한다. 당신이 우주를 자유롭게 여행하는 존재라면 각 행성 고유 언어도 쉽게 통역할 수 있는 시스템을 갖추고 있을 것이다. 이에 여기 서술된 서문을 편하게 읽고 있으리라 생각한다.

한국은 당신을 외계인, 우주인, 정체불명의 생명체 등 다양한 용어로 호명한다. 다만, 이 책에서는 편리한 서술을 위해 당신을 비롯한 지구 밖 존재들을 '우주 여행자' 혹은 간단히 '여행자'라고 칭했다. 당신은 이 책을 통해 한국살이에 능숙한, **보통의 한국인**이 될 수 있을 것이다.

이 책에서 계속 강조할 **보통의 한국인**이란, '한국에 거주하는 중장년 남성'의 시선에 어긋나지 않는 상태를 뜻한다. 알고 있는지 모르겠지만, 한국은 남성이라는 성별에 권력이 편중된 국가다. 남성 집단을 생애주기별로 유소년, 청년, 중장년, 노년 등으로 나눴을 때 '중장년'에 해당하는 남성일수록 성권력이 막강하다. 한국 사회 고위직에 빼곡하게 들어차 있으므로, 그들의 시선에 어긋나지 않아야 우주 여행자 당신도 **보통의 한국인**이 될 수 있다. 보통의 한국인으로

사랑받아야 우주 여행자라는 정체가 밝혀질
위험도 줄일 수 있다.

　　물론 이 가이드북과 정반대로 살아가는
한국인도 다수 존재한다. 하지만 당신이 **보통의
한국인**으로서 아무런 언쟁 없이 생활하고 싶다면
가급적 이 책의 지침을 따르자. 지침을 하나둘
따르다 보면 당신을 '차별주의자'라고 비난하는
이가 없지는 않겠으나, 적어도 당신이 노동
현장에서 해고되거나 소외되는 일, 특정 무리에서
배제되는 일은 결코 없을 것이다.

　　한국을 어떤 목적으로 여행 중인지
모르겠지만, 당신이 그동안 겪었던 그 어느 곳보다
모순적인 나라로 기억될 것임을 보장한다. 혹시나
이 책을 같은 지구인이자 한국인이 읽는다면 '역시
이상하고 환장하는 우리나라'라며 공감할 것이다.

　　그럼 한국에 오신 우주 여행자 여러분을
환영하며, 한국에 계신 한국인 여러분을
위로합니다.

어두운 시절에,
안내자 희석

목차

1장
기본 정체성

한국 남자로 시작하기	11
서울, 서울, 또 서울	17
학벌주의 찬양하기	22
부동산에 영혼 걸기	28
노동력 착취로 조상 섬기기	35

2장
삶을 대하는 태도

장애인을 외면하기   45

성차별에 찬성하기   49

노 키즈 존 운영하기   55

성소수자 배척하기   60

비건을 유별나게 보기   64

인종차별에 함께하기   69

3장
환장의 나라, 한국

보행자보다 운전자   77

공정과 팩트에 집착하기   82

무책임한 나라   87

집권하기   92

1장

기본 컬렉션

한국 남자로 시작하기

우주선은 잘 숨겨 놓았는지 궁금하다. 숨겨 놓을 필요 없이 몇 가지 모듈만 작동하면 지구인에게 발견되지 않는 것일 수도 있겠다. 어찌 됐든 몇 광년을 넘어왔는지는 모르겠지만, 고생하셨다. 한국에 단기간이든 장기간이든 정착할 채비를 마쳤다면 가장 시급하게 결정해야 할 것이 있다. 바로 우주 여행자 당신의 생물학적 성별이다. 지금 당신의 생물학적 성별이 이 책에 서술된 것과 다르다면 얼른 수정하길 바란다.

성염색체는 고민 없이 XY를 선택하자. 성염색체의 여러 유형 중 XY와 XX가 가장 많은데, 이 중에서 XY 성염색체만이 당신을 한국에서 살기 좋게 만들어 줄 것이다. 당신의 행성이나 별에선 '성별'이라는 것이 존재하는지 모르겠지만, 한국에서 XY 성염색체 선택은 기호가 아닌

필수다. 지구인은 통상 XY 성염색체 보유자를
'남성', XX 성염색체 보유자를 '여성'이라 부른다.
우주 여행자 당신은 반드시 남성이 되어야 한다.

　　　한국에는 가부장제라는 풍습이 있다. 쉽게
말해 남성으로 태어난 이들에게 가장 강력한
권한을 부여하는 풍습이다. 그렇다. 작은 조직이든
큰 조직이든, 가정이든, 국가든 남자라면 무조건
권한을 쥘 수 있다. 굉장히 간단하고도 잔인한
방식이다. 인간이 태아 시절에 스스로 성별을
선택해서 태어날 수 없는 지구 환경을 생각해보면,
오로지 확률에 근거해 권력이 부여되는 셈이다.
이에 남성이 아닌 태아를 잉태했다는 사실이
사전에 확인될 경우 인공 임신 중절을 통해
제거하기도 했다. 이런 차별적 선택의 확대로 한때
한국 성비는 과학이 설명할 수 없을 정도로 불균형
상태였다.

　　　지금 당신에게 한국을 설명하는 나 역시
남성으로 1990년에 태어났다. 내가 태어난 해가
앞서 말했던 성비 불균형이 가장 심했던 때다.
100명의 남성이 출산될 때, 여성은 87명 정도
태어난 것이다. 두 성염색체 간 출현 비율은
확률상 6~7명 정도 차이 나야 하는데 그 기본
비율이 무너졌다. 이유는 단연코 인공 임신 중절을

통한 성별 선택에 있다.

한국인들이 당시 이런 선택에 들어간
원인은 여러 가지가 있는데, 일단 가부장제 풍습도
한몫하지만, 더 놀라운 이유가 있다. 한국에는
12년 주기로 순환하는 '띠' 문화가 있다. 쥐, 소,
호랑이, 토끼 등 매해 지정된 열두 마리의 동물이
있고 각 동물이 해당하는 해에 태어나면 '동물+띠'
출생으로 분류된다. 예컨대 쥐띠 출생, 소띠 출생
등으로 분류되는 것이다.

내가 태어난 1990년은 말띠 해였다.
그러니까 1990년에 태어나는 모든 한국인이
말띠 출생자가 되는 것이다. 그런데 이 말띠 해에
여성으로 태어나면 해당 출생자의 평생 운수가
'드세진다'라는 주장이 한국인 뇌리에 강하게 박혀
있었다. 당연히 과학적 근거도 없고 증명된 사실도
없으나 **보통의 한국인** 다수가 이 사실에 한 치의
의심도 갖지 않았다. 그러니 '드센 여자'의 출생을
막기 위해 의도적으로 개체수 조절에 들어간
것이다. 나는 단지 남성이라는 이유 하나만으로 잘
살아남아서 지금 당신께 가이드북까지 쓰고 있다.

말띠 출생의 여성을 태어나지 않게 하고자
하는 의지, 남성이 더 가치 있다고 여기는 문화,
가부장제의 유지와 확장을 위한 암묵적 결탁 등이

겹쳐 1990년을 구성했다.

개중에 살아남은 여성은 학창 시절에 조금만 강력히 주장을 펼치면 "역시 말띠 여자들은"으로 시작하는 비난을 받아야 했다. 다시 한번 말하지만, 아무런 과학적 증거와 증명 과정 없이 그냥 이렇게 말하는 게 자연스러웠다.

당신이 한국 남자로 한국살이를 시작하지 않으면, 일몰 이후(일몰 전에도 비슷하지만) 거주지 바깥을 혼자 안전하게 돌아다닐 수 없다. 아예 불가능한 것은 아니지만, 여러 가지 위험을 감수해야 한다. 당신의 신체를 소유하거나 해하려는 이들이 호시탐탐 기회를 노릴 것이기 때문이다. 또한 거주지에 혼자 있을 때도 조심해야 한다. 당신의 행성이나 별에서 가지고 온 무기가 따로 없다면 심각한 상황에 이를 수 있다. 공권력마저 여성의 피해에 무감한 편이라 전적으로 안전을 보장받을 수 없는 곳이 한국이다.

여성 대상 범죄 가해자들은 99%가 한국 남자들이다(100%라 말해도 과언이 아니다). 그만하라고 외치고 설득하면 안 되냐고 물을 수도 있겠다. 하지만 한국 남자들에게 그런 건 통하지 않는다. 그러니 피해 당사자가 되어 하루하루 위험 속에 사는 것보다, 아무런 행동을 하지 않아도 '착한 남자'로 추앙받는 편이 더 살기 좋지 않을까? 꼭 한국 남자로 성별과 외형을 갖추고 지구에서 생활하자.

아마도 한국에서 살아가려면 당신도 직업이라는 게 필요할 것이다. 직업은 당신의 노동력을 대가로 일정 금액을 벌어들이는 행위다. 이 금액은 아라비아 숫자로 측정할 수 있으며 값이 클수록 부유하게 살아갈 수 있다. '돈'이라 불리는 그것이다. 한국뿐만 아니라 넓게는 지구 전체에서 살아가려면 당신은 돈이 있어야 하고, 이 돈은 노동력을 제공해 벌어들이는 것이 가장 기본적인 방법이다.

직업을 가지려면 특정 기업에 취직해야 한다. 직업군은 정말 다양하며, 당신이 가장 잘할 수 있는 일 중 하나를 선택하면 된다. 직업군은 천차만별이지만, 전 직업군에서 우대하는 사항이 있다. 바로 '한국 남성'이어야 할 것. 남성이 여성에 비해 일을 더 잘한다는 객관적인 증명도 없고, 남성이 아니면 할 수 없는 일도 아닌데 모든 직업군에서 한국 남성을 선호한다. 선호가 아니라 사랑하는 수준이다. 똑같은 면접(기업의 책임자와 입사 지원자가 마주하는 자리) 장소에 동일한 능력의 여성과 남성이 각각 한 명씩 앉아있고, 이 두 사람

중 단 한 명만 취업할 수 있다면 대부분 남성이 선택된다. 아마 여성과 남성을 향한 질문의 결도 다를 것이다. 이런 사실을 실제 한국 남성들에게 말하면 대체적으로 부정한다. 자신은 '공정'한 경쟁을 통해 선발됐다고 주장할 뿐이다.

한국은 여성과 남성의 임금 격차가 여전한 나라다. 믿기 어렵겠지만, 같은 직업군인데 성별이 다르다는 이유로 승진과 급여에 차이가 있는 것이다. 노동 현장에서의 처우도 차별적이다. 동일한 실수를 여성 직원이 했을 땐 날 선 비판을 감수해야 하지만, 남성 직원이 했을 땐 가벼운 사안으로 넘길 때가 많다. 다른 직업군의 사람들과 업무적으로 소통할 때도 당신이 여성인지 남성인지에 따라 돌아오는 태도가 다르다. 그냥 모든 것이 여성에게 불리하니까 당신은 더 이상의 고민도 하지 말고 당장 XY 성염색체를 선택하길 바란다.

한국 남자로 시작하는 삶은 부전승 인생을 사는 것과 같다는 걸 유념하자.

서울, 서울, 또 서울

지구의 여러 국가들은 각자의 수도가 있다. 수도는 쉽게 말해 국가의 중앙 정부가 있는 도시인데, 중앙 정부가 위치한 곳인 만큼 타 도시에 비해 발달할 수밖에 없다. 그러다 보니 인구도 몰리고 여러 가지 행정 편의 시설이 집결된다. 그러나 한국의 수도 '서울시'는 이 현상이 절망에 가까울 정도로 심각하다.

2023년 기준 한국 전체 면적은 약 10만 400㎢. 여기서 서울시 면적은 600㎢ 정도다. 전체 면적 대비 1%도 안 되는 작은 땅이 바로 서울이다. 이 서울에 한국인 1천만 명이 산다. 1% 미만의 땅에 전체 인구 20%가 구겨져 살고 있는 셈이다. 인구는 물론 인프라, 일자리 등 아예 서울이 곧 대한민국인 것처럼 모든 것을 빨아들이고 있다.

우주 여행자 당신은 지금 어디에 거주지를

마련했는지 궁금하다. 만약 당신이 서울시에
있지 않다면 모든 걸 정리하고 얼른 거주지를
옮기길 바란다. 하다못해 경기도라도 좋다.
무조건 서울과 가까워야 한다. 이건 비단 문화적,
경제적 이유뿐만 아니라 생존 문제까지 직결된다.
우주 여행자 당신에게 자가 치유 능력이 있다면
다행이지만, 지구인의 몸을 갖춘 상태에서 자가
치유 능력도 없다면 병원을 방문해야 할 것이다.
때에 따라선 심각한 외상, 혹은 내상을 입을 수도
있다. 그럴 때 당신이 서울에 살고 있지 않다면,
최고 수준의 의료 기술을 제공받을 수 없다.
한국의 최첨단 의료 기술은 모두 서울에 집결돼
있다. '모두'라고 확실하게 말할 수 있다.

   혹시나 우주 여행자 당신이 지구에 아예
정착하기로 마음먹고 반려인과 함께 가정을
꾸렸을 때는 더욱 문제다. 지구인은 신체적으로
굉장히 취약하다. 내구성이 떨어진 채로 70년 이상
버텨야 하는 치아, 노화에 따라 기능이 저하되는
장기 시스템, 관절 마모 등 평생 의료 기술을
동반해야 하며, 지구 나이 만 30세가 넘어가는
순간부터 집중 관리가 필요하다. 그런데 당신의
반려인이 심각한 질병에 노출돼 최고 수준의 의료
기술이 당장 필요할 경우, 비수도권에 거주하고

있다면 적절한 치료를 받기 힘들다. 비수도권에도 병원이 존재하기는 하지만, 최첨단 기술을 보유한 병원은 서울에 집중돼 있다. 심지어 비수도권에서 가장 뛰어난 병원을 찾아가도 서울권 병원을 권할 때가 있다. 한국은 이런 곳이다.

그렇다고 서울시민들조차 모두가 서울 중심적이라는 건 아니다. 실제로 이 문제를 꾸준히 언급하는 시민도 많고, 서울 중심으로만 돌아가는 것이 잘못됐다고 인식하는 시민 역시 다수다. 문제는 서울시에서 나고 자라면서 여러 사회적·경제적·문화적 혜택을 혜택이라 인정하지 않는 기득권자들이다.

이 기득권자들은 한국 사회 주요 직을 차지하며 서울을 계속 '나만 살기 좋은 땅'으로 만드는 데 힘쓰고 있다. 정치, 언론, 기업 등의 책임자들이 한마음 한뜻으로 서울을 지킨다. 그들은 서울 바깥을 국경 바깥보다 멀게 인식한다. 각종 발전소, 공장, 쓰레기 매립지, 초고주파 시설 등을 서울 바깥에 모조리 밀어 놓고, 그 시설로 취득할 수 있는 혜택은 쓸어 담는다. 이렇게 해도 괜찮도록 법을 만들고, 여론 조성을 위한 기사를 생산하며, 법과 기사를 더 찍어내 주심사 돈줄을 대는 이들이 서로의 손발을 착착 맞춰서 움직인다.

우주 여행자 당신이 바라봤을 때 이토록 좁은 땅덩어리에서 어떻게 이런 구별 짓기가 가능할까 싶기도 할 것이다. 그러나 이해가 되지 않는다고 해서 반기는 들지 말길 바란다. 당신이 우주 여행자의 시각에서 공존을 언급하는 순간, 그들은 당신에게 '역차별'을 운운하며 서울의 서러움을 토해낼 것이다.

당신이 지구 속 한국을 방문한 이유에는 여러 가지가 있겠지만, 어쨌든 고생하려고 일부러 오진 않았을 거라 생각한다. 그렇다면 얼른 서울로 거주지를 옮겨 모든 혜택을 달콤하게 즐기다 떠나시길 바란다. 한국은 왜, 한국은 무슨 이유로, 한국은 도대체 무얼 근거로 서울을 이토록 사랑하는지 궁금해하지 않는 게 낫다. 찾아보면 찾아볼수록 결국 지역 혐오나 비하로 접어들 것이고, 드넓은 은하계에 비하면 보잘것없는 이 땅에 마지막 남은 정도 다 떨어질 것이다.

혹시 우주 여행자 당신이 서울의 대중교통을 이용해 본 적이 있는지 모르겠지만, 지상을 달리는 버스에 탑승하면 각 좌석 광고 문구 중 이런 문장이 있다.

'사랑하는 내 아이가 대학 때문에 혼자 지방에서 살고 평생 기회가 제한된다면 슬프지 않을까요?'

공교육이 아닌 사교육 시장의 광고 문구인데, 이 차별적 발언이 서울에서는 일상에 잘 녹아든 상태다. 서울과 먼 지역으로 갈수록 인생이 서글프고 부당한 채로 살아가야 한다고 암시하는 것이다. 실제로 그렇지 않다는 걸 증명할 수 있지 않냐고? 당연히 할 수는 있다. 그런데 그걸 아무리 증명해도 서울 사랑에 깊이 빠진 **보통의 한국인**은 절대로 받아들이지 않는다.

그밖에도 우주 여행자 당신이 서울에 반드시 살아야 할 이유는 차고 넘친다. 앞으로도 한국은 서울을 중심으로, 서울만이 곧 한국의 정체성이자 핵심 도시라 생각하고 발전할 것이다. 그 속에서 위험하고 더럽고 까다로운 요소들은 모두 서울 바깥으로 밀어낼 뿐이다. 이제 당신의 선택만이 남았다. 서울 사람이 되느냐, 서울 밖 사람이 되느냐. 당신의 한국살이는 여기에 달려있다.

학벌주의 찬양하기

지구의 여러 국가와 비슷하게, 한국도 교육 기관을
생애 주기별로 구성하고 있다. 우주 여행자 당신은
기본적으로 초등학교, 중학교, 고등학교, 대학교에
대한 개념을 미리 파악해 놓는 게 좋다.

　　한국은 같은 학교 출신이라는 이유만으로
생각보다 큰 혜택을 제공하는 곳이다. 당신이
현재 이 가이드북의 첫 번째 지침대로 한국 남자가
됐다면 출신 학교도 잘 설정해야 한다. 복잡하게
생각하지 말고, 서울시 관악구 소재 '서울대학교'를
졸업했다는 증명서를 만들어 놓자. 한국에서 가장
편하게 살 길이다.

　　연세대학교, 고려대학교, 카이스트,
포항공대 등 학벌 분류 시 상위권에 해당하는
여러 대학교가 있지만, 모두 부질없다. 권력을
누리고, 카르텔의 손길을 받으려면 우주 여행자

당신은 반드시 서울대학교 출신이어야 한다. 권력과 카르텔이 필요 없을 수도 있겠지만, 우주 여행자이라는 사실이 발각되지 않으려면 최대한 권세를 누리는 편이 나을 것이다. 창피하고 웃기지만, 서울대학교를 졸업했다는 이유 하나만으로 만 40세 넘어서까지 본인을 공부의 신이라 자찬하며 사업하는 사람도 있다.

한국은 학벌에 대한 욕구와 열망이 크다. '서연고' 혹은 '서성한', '중경외시' 등의 말을 들어봤는지 모르겠다. 입시 등급(한국은 성적에 따라 학생을 등급제로 분류하는 국가다)이 높을수록 사회적 인지도나 지위가 높은 대학교에 입학할 수 있는데, 이때 가장 높은 성적의 학생들이 모이는 대학교 순서대로 해당 학교의 앞 글자만 따서 나열한 것이다. 서울대-연세대-고려대, 서강대-성균관대-한양대 등이다. 각 대학 구성과 순서는 시대에 따라 조금씩 바뀐다. 유치하기 짝이 없지만, 이 유치한 기준으로 사람의 됨됨이까지 일렬로 세우고 싶어 하는 곳이 바로 한국이다. 미성년에서 성년으로 넘어가는 그 순간에 치르는, 1년 중 단 한 번의 기회만 주어지는 그 시험만 잘 보면 된다는 식이다. 불합리하고 야만적인 시스템이지만, 이걸 뜯어고치기란 매우 어렵다. 이 시스템으로

득을 본 기성 권력들이 자신의 권력을 후대들에게 고스란히 물려주기 가장 편리한 제도이기 때문이다.

학벌은 한국인의 인생에 많은 영향을 끼친다. 이 가이드북을 서술하는 나는 서울대학교에 가지 못했다. 부산 소재의 대학교를 졸업했는데, 지역 대학 졸업자라는 이유로 나의 모든 능력을 의심받을 때도 있었다. 내 실수가 아니라 일터의 대표자가 실수한 사안인데도 내가 비명문대 출신이라서 무조건 내가 잘못 이해했다고 우기는 것이었다. 황당한 사례이긴 하지만, 이 사례는 학벌로 차별받는 각종 현장에 비하면 가장 가벼운 축에 속한다.

누군가는 뛰어난 업무 능력을 보여도 서연고서성한중경외시에 포함되지 않아 승진이 막히고, 또 누군가는 똑같이 입사했던 사람이 서울대 출신이라는 이유로 본인보다 더 많은 임금을 챙겨가는 경우를 봐야 했다. 1년에 한 번 있는 시험으로 인생의 결이 달라진다는 게, 그 시험도 사교육이 수반돼야 최고 득점이 가능하다는 게 과연 공정한 것인지, 우주 여행자 당신의 생각이 궁금하다. 그쪽 세계에서도 이런 공고한 카르텔이 영원히 결속되는지 알고 싶다.

한편, 서울대학교를 넘어서는 존재도 있다. 바로 한국 외 국가 대학 출신으로 설정하는 방법이다. 한국의 학벌 문화는 철저한 사대주의다. 서울대가 진리라면 미국 '하버드 대학교'는 신앙이다. 하버드 대학교를 졸업한 경력만으로 권력의 꼭대기 층에 앉을 수도 있다. 과장이 아니다. 한국의 한 정당 대표는 국회의원 경력 한 줄 없이, 선거에서 당선 없이 낙선만 거듭했는데도 본인 소속 정당의 당대표 자리까지 거머쥐었다. 어떤 정책을 만든 것도, 노선을 제시하거나 혁신을 주도한 것도, 정치 조직을 단단히 뭉쳐서 일어선 것도 아니다. 하버드 대학교 졸업. 그 학벌에서 출발해 밀어붙이며 당대표 자리까지 오른 셈이다. 당사자 입장에선 본인이 갖은 고생하며 이리저리 마음도 다쳤다고 생각할 수도 있지만, 글쎄. 한국의 학벌 사랑이 없었다면 그가 정치권에서 활동할 수 있었을까. 매우 불투명하다.

학벌과 능력 중 무엇이 더 우선인가를 물었을 때 우주 여행자 당신의 대답은 무엇일까. 서울대학교를 졸업했으나 업무 이해도가 매우 떨어지는 사람, 지역 소도시 대학교를 졸업했으나 업무 이해도가 월등히 뛰어난 사람. 이 두 사람이 특정 기업에 입사를 희망할 때, 둘 중 누가 더 나을지 비교하는 일은 한국에선 부질없다.
슬프게도 두 사람은 비교될 기회조차 없기
때문이다. 이미 한국의 유수 기업들은 서류 평가
과정에서 학벌을 기준으로 삼는다. 요즘은 그렇지
않다, 블라인드 채용을 실시한다, 피해의식이다,
능력 위주로 선별한다 등 그럴싸한 변명은 많지만
결국 돌고 돌아 학벌 중심이다. 학벌이 좋으면
머리도 좋으니 당연히 합격자 명단에 상위권
대학 출신이 많은 거라고 성토할 수도 있겠다.
그런데, 정말 그런가? 그렇게 두뇌 회전이 빠르고
명석한 이들이 모여서 만든 기업 문화가 고작
이 정도라면, 그러니까 불법과 편법을 당연하듯
반복하고 사회적 약자를 외면하기 바쁘고 여성의
사회 진출을 적극적으로 막아서는 게 그 고지능을
갈아 넣은 결과라면 한국은 실로 희망 없는 국가
아닌가.

　　　나는 부디 우주 여행자 당신이 한국에서
살아가는 동안 차별받지 않고 온전하게, 때로는
무슨 잘못을 해도 부둥부둥 엉덩이 토닥임도
당하며 편하게 살길 바라는 바다. 그러니
지금이라도 당장 당신이 졸업한 대학교를
서울대학교로 수정하길 간곡히 바란다.

혹시 아는가. 서울대 출신 남자라는 이유로
대통령도 덜컥 시켜줄지.

부동산에 영혼 걸기

우주 여행자 당신이 살던 곳은 어떤 형태의 거주지를 갖추고 있었는지 잠시 떠올려 보자. 그 거주지는 당신이 소속된 행성이나 별 구성원에게 균등하게 제공되었는가. 제공되더라도 어떤 계급에 따라 차이가 있었는가. 아니면 그곳도 한국처럼 '보이지 않는 손'이라는 허황된 미신에 기대어 각자도생으로 거주지를 구하도록 방치되고 있었는가.

한국의 거주지, 즉 부동산으로 일컫는 주거 시장은 기이한 경제 구조로 이뤄져 있다. 한국에서 부동산은 재산이나 소유물을 넘어 하나의 계급, 정체성을 상징한다. 이미 당신이 거주지를 확보하는 과정에서 깨달은 사실일지도 모르겠다.

만약이라는 가정하에 한 번 상상해보자. 우주 여행자 당신이 한국에 정착하는 과정에서 부득이 자본을 넉넉하게 마련하지 못했다. 따라서 거주지도 구입하지 못한 상황이다. 이때, 별안간 부동산 시장 평균가가 차차 낮아져서 당신도 집을 구매할 수 있게 됐다. 당신뿐만 아니라 자본이 부족하던 한국인들도 마침내 '내 집'을 마련할 수 있게 된 것이다. 열악한 거주지에서 벗어나는 사람도 늘고, 더이상 누울 자리가 없어서 거리로 내몰리는 사람도 줄어들게 됐다. 우주 여행자 당신은 이 상황을 긍정적으로 보는가, 부정적으로 보는가? 당연히 긍정적이지 않냐고 물으면 당신은 아직 **보통의 한국인**이 아니다.

한국에는 거주지를 확보할 수 없어서 고통받는 사람이 많다. 당장 길에서 생활하는 노숙인도 있고, 반지하·옥탑방·고시원 등 온전한 집이라 볼 수 없는 곳에서 생활하는 사람도 있다. 비가 많이 내리면 집의 침수를 걱정해야 하거나, 불법 증축된 곳에서 한여름 폭염과 한겨울 한파를 견뎌야 하거나, 누울 자리'만' 마련된 곳에서 생을 이어가야 하는 사람들이 많다. 그렇다고 그들이 어떤 실패나, 좌절만 겪으며 살아가는 건 아니다. 각자의 꿈이 있고 목표가 있고 계획이 있다. 단지 돈이 부족하다는 이유로, 생계가 빠듯해서 여윳돈을 쥐기 어렵다는 이유로 여유롭게 쉴 집

하나를 소유하지 못하고 있다. 수많은 공급 중 단 하나도 허락받지 못한다는 게 우주 여행자 당신은 이해가 되는가. 이런 상황에서 집값이 전체적으로 하향 조정되고 집이 없던 사람도 집을 가질 수 있다면, 사회 구성원 전체 다수의 행복을 향해 가는 과정이기에 긍정적이라 보는 게 당연하지 않을까?

그러나 놀랍게도 한국에선 집값이 낮아질수록 분노 지수가 높아진다. '내가 살 때보다 비싸야 많이 남겨 먹는다'라는 신념이 확고하기 때문이다. 중고 물품은 새 제품보다 싸게 파는 게 당연하다 생각하면서, 부동산에 있어서는 그렇게 생각하지 않는다. 심지어 현재 집을 소유하고 있지 않아도 하락하는 집값에 화내는 **보통의 한국인**이 있다. 나중에 본인이 부자가 돼서, 집을 사면, 그 집을 다시 팔 때, 더 큰 부자가 될 기회를, 막고 있기 때문이라는 기적의 논리가 성립하는 것이다. 이미 집을 여러 채 소유하며 무주택자들을 옥죄는 부자들도, 부자들이 소유한 여러 채의 집 중 하나를 확보하기 위해 평생을 달리는 무주택자들도 집값 하락에 부정적이라는 건 아무리 생각해도 우스운 일이다. 물론 모든 부자와 모든 무주택자가 부정적인 건 아니겠지만,

대개의 반응은 비슷하다. 100명 중 90명이
같은 마음이라면 이것은 보편적 정서라 불러도
무방하지 않을까?

어떻게 이런 정서가 자리 잡게 됐을까
싶지만, 실상 당연한 결과다. 한국 사회는 언제나
'모두를 위한 방향'이 그릇된 것이라 가르쳤다.
집이 없는 사람에게 집을 나눠주고, 생계를 겨우
이어가는 사람에게 평균 정도의 소득을 보장해
주고, 능력주의에 국한하지 말고 다 같이 잘
사는 방향을 고려해 보자고 하면 **보통의 한국인**은
비웃음과 조롱을 건넨다. 빨갱이, 좌파, 북한놈,
공산주의자 등의 칭호를 붙이며 이상만 좇는
멍청이라고 비난한다. 인권이고 나발이고 '나만
아니면 돼' 같은 도박꾼 정신과 반대되면 일단
욕부터 하고 보는 편이다. 우주 여행자 당신은
이런 평등을 외치지 말길 바란다. 그저 사회
구성원 전체가 행복할 것 같은 제도나 정책을
보면 "아니 여기가 북한이야 공산당이야"라는
한마디만 덧붙이면 된다. 그럼 주변에 있던 **보통의
한국인**들이 당신에게 엄지를 들어 올리며 추커세워
줄 것이다.

이런 절망의 나라에서 집을 구매하기란
너무나 어렵다. 그래서 당장 구매하기 힘드니,

임차해서 사용하는 경우도 있다. 그런데 웬만하면
우주 여행자 당신은 어떻게든 자본을 확보해
집을 '구매'하길 바란다. 내 집, 즉 자가에 사느냐
마느냐로 사람을 계급화하는 곳이 한국이다.
똑같은 아파트 단지가 있어도 임차인이 많이 사는
곳은 열등한 구역, 자가 소유자가 많이 사는 곳은
'정상적인' 구역으로 나누기까지 한다. 실제로
한국 보수 정당의 한 국회의원은 "임대 아파트에
사는 사람들 중 정신질환자가 많이 나온다"라는
말을 사석이 아닌 공석에서 발설하기도 했다. 이
국회의원이라는 존재는 시민의 호감도에 따라
밥줄이 결정된다. 그런 사람이 '정신질환자'를
운운하며 무주택자를 비하하는 발언을 공개적으로
할 수 있다는 건 무얼 뜻하겠는가. 그 발언에
동의하는 사람이 많을 것이라는 확신, 확신 속에
오는 안정감이 밑바탕에 깔려있을 것이다.

　　　그렇다면 부동산을 얼마나, 어디에서
가지고 있어야 하는지 궁금할 수도 있겠다. 우선
수량에 대해 말하자면, 많이 가지고 있을수록
좋다. 혹시 부동산에 붙는 세금 '종합부동산세'라는
걸 들어본 적 있는지 모르겠다. 종부세라고도
불리는 이 세금 제도는 우주 여행자 당신이 여러
채의 주택을 소유할수록 늘어나는 세금이다.

그런데 걱정하지 않아도 된다. 한국 정부는 집을 가진 자에게 한없이 너그럽다. 10억짜리 아파트를 보유한 사람이 1년에 총 300만 원을 세금으로 내는 것도 과하다고 깎아주려는 정부다. 우주 여행자 당신이 몇 채를 가지고 있든 당신의 부동산 자산 규모보다 훨씬 적은 액수만 세금으로 청구될 것이다. 가끔 언론에서 '종부세 폭탄' 경고를 해도 걱정하지 말자. 그건 정부를 향해 '우리 부자님들의 세금을 감면해 줄 때가 됐다'라는 걸 알리는 신호탄이다. 설령 세금 감면이 안 된다 해도 무주택자가 한 달에 한 번씩 꼬박꼬박 내는 월세의 1년 치보다 조금 많거나 더 적을지도 모른다. 그 어떤 정당이 집권하든 한국 정부를 믿어라. 당신을 절대로 곤란하게 만들지 않을 것이다.

　　　여러 채 보유할 자본을 확보했다면, 지역은 무조건 서울이다. 앞서 서울에 대한 설명을 이미 읽고 와서 이해하고 있겠지만, 한국은 부동산 시장도 서울 중심이다. 서울의 집값이 한국 전체 집값의 중심이며, 모든 지표의 기준이 된다. 오죽하면 '똘똘한 한 채'를 강조하며 서울에 자가를 소유한 채 비수도권 임대아파트에서 거주하는 지역 거물 정치인들도 많다. 예컨대 한

지역 소도시의 시장은 본인 관할 지역에선 전세로 살면서 자가는 서울에 두고 있다. 그것도 몇 채씩. 서울에 있는 집들로 임대 사업을 하며 전셋값이나 월셋값을 벌고, 서울에 세금을 내고, 서울로 언제든 돌아갈 준비를 잘 마쳐놓은 상태다. 서울의 부동산값이나 땅값이 오르면 돈을 더 벌고 더 많은 세금을 서울에 낼 것이다. 지역에서 정치를 하면서 말이다. 이런 점을 시민단체 등이 공개적으로 지적해도 재선, 삼선까지 이어간다. '그럴 수도 있지' 하는 분위기 속에서 말이다.

　　　이 정도만 설명해도 한국에서 부동산, 자가, 내 집이라는 존재가 얼마나 중요한지 깨달았을 것 같다. 우주 여행자여, 반드시 똘똘한 한 채라도 서울에, 가능하다면 서울에 마련하길 바란다. 서울에 당신의 집이 있고, 이 집값을 사수하기 위해 좋은 정책을 펼칠 것이라 공언하면 대통령도 할 수 있다. 실제로 그런 사람들이 대통령에 당선되기도 했다.

노동력 착취로 조상 섬기기

행성마다 고유한 전통이 있는지 모르겠다.
지구에는 수많은 국가가 있고, 각 국가의 고유
전통이 하나 이상은 반드시 있기 마련이다.
우주 여행자 당신이 한국에 정착하면서 가장
충격받을지도 모를 풍습은 아무래도 '제사'가
아닐까. 갖가지 요리를 한가득 상 위에 올린 후에,
상 양쪽 끝에 초를 하나씩 켜두면 제사 준비는
어느 정도 끝난다. 이제 이 상을 향해 '절'을 하는
게 바로 제사다. 절은, 이마가 땅에 닿을 듯이
고개를 숙이고 무릎을 꿇으며 공손히 조아리는
행위다. 그렇다. 음식을 향해 공손하고 경건한
몸짓을 하는 것이다.

　　얼핏 보면 '음식의 신'을 숭배하는 듯한
모양새지만, 이 제사의 목적은 조상신에 대한
공경이다. 한국의 세시풍속 중 하나인데, 내

보호자의 보호자, 또 그 보호자의 보호자 등 본인 이전의 세대에 공경을 표하는 풍습이다. 음식은 그 조상들의 영혼이 와서 먹고 간다는 의미로, 일종의 공물이라 할 수 있다. 실제로 영혼들이 먹는지 안 먹는지는 확인된 바가 없다(물론 나는 아무런 근거가 없다고 생각하지만). 겉으로 보면 우스꽝스럽기도 하다. 김이 모락모락 나는 음식을 한가득 차려놓고 그 앞에서 인간의 몸짓으로 구현할 수 있는 최대한의 공손을 표하는 셈이니 말이다. 하지만 우스꽝스럽다 해서 실제로 깔깔 웃으면 안 되니, 연습해야 한다. 나도 여러 번 참느라 힘들었지만 연습하면 참을 수 있긴 하다.

　　이 제사 문화에서 가장 의아한 점은 음식 앞에 고개를 조아리는 것도, 조상들의 영혼이 먹고 간다는 믿음도, 1년에 20회 이상 반복하는 집이 있다는 점도 아니다. 바로 그 제사상에 오르는 음식은 각 집안의 여성들이 담당한다는 점이다. 제철 재료를 고르고, 다듬고, 볶거나 끓이거나 구워서, 모든 식기를 깨끗이 닦은 후 정갈하게 올리는 과정 전체를 여성들이 맡고 있다. 아니, 맡았다기보다는 강제로 착취당한다는 말이 더 정확하겠다. 마치 남자들이 요리라도 하면 세상이 무너질 듯이, 감히 남자는 그런

'잡일'을 할 수 없다는 듯이 각 집안의 여자들을 당연하게 착취한다. 남자들이 요리를 한다고 해서 생물학적으로 이상이 발생하거나 신체 변화가 일어나는 것도 아닌데 유난이다.

여기서 더 어이없는 건, 그렇게 음식을 대접한 여성들의 조상은 현장에서 따로 챙기지 않는다는 사실이다. 자, 앞서 설명한 제사의 목적을 다시 살펴보자. 내 보호자의 보호자, 또 그 보호자의 보호자 등 세대를 이어온 혈족에 대한 공경과 감사의 의미를 표하는 것이 제사의 목적이었다. 우주 여행자 당신도 잘 알다시피 지구인들은 아직 인공 배양이나 별도 시설을 통해 태아를 생산할 수 없다. 그렇다면 여성과 남성이라는 두 생명체가 만나서 여성의 신체 속에서 태아를 길러 출산하는 게 유일한 혈족 생산 수단이다. 그런데 제사라는 풍습은 집안의 혈족 중 남성 위주로만 펼쳐진다. 배우자로서 태아를 출산하고 혈족을 잇는 데 가장 큰 역할을 한 여성들은 음식 제조에만 착취당할 뿐, 현장에서 본인들의 조상신을 섬길 수 없다. 심지어 절이라는 행위도 남성들만 전면에 나서서 하는 게 보통이다. 물론 여성들 본인의 혈족 제사가 있을 경우 자신의 조상신을 섬길 기회가 오기는 하지만, 이때도 제사상을 차리는 건 또 여성의 몫이다. 결국, 여성들은 내 조상 남 조상 누구를 모시든 노동력을 착취당하는 셈이다. 남성들은 정말로 아무것도 하지 않고 절만 하면 끝난다.

　　이토록 불합리한 행사가 한국 전체에서 비슷한 시간대에 동시다발적으로 이뤄지는 때가 명절이다. '설'과 '추석'으로 불리는 두 행사 때 한국에서 착취당하는 여성 개별의 노동 현장을 그려본다면, 지구 둘레 몇 곱절 길이의 종이가 있어도 기록하기 부족할 것이다. 또한, 명절에는 남성 배우자의 보호자가 머무는 집에 '먼저' 가는 것이 '도리'로 여겨지고 있다. 요즘에야 설날엔 남성 배우자 쪽 집안, 추석엔 여성 배우자 쪽 집안으로 나눠서 가는 추세도 있긴 하지만, 말 그대로 '가기만' 한다는 게 문제다.

　　남성 배우자 쪽 집안에 먼저 방문할 땐 어떻게든 조금이라도 더 시간을 보내다 가려고 하는 남자들이, 여성 배우자 쪽 집안에 먼저 방문하는 날엔 엉덩이에 불이라도 붙은 듯 얼른 일어서기 바쁘다. 여성은 '출가외인'이라는 구식 사고방식을 고집하는 기성세대의 성화까지 겹치면 이렇게 설날과 추석 나눠서 먼저 방문하던 움직임은 금세 사라진다. 이러나저러나 명절은 남성 배우자만 늘 즐겁고 편안한 행사로 기억되는, 불평등한 문화라는 게 확실한데도 한국 사회는 이 명절 문화에 별도의 제약을 두지 않는다. 여성이 불평등하다고 느끼든 말든 각 집안에서 알아서 하라는 식으로 방치한다. 아주 가끔 대중 미디어를 통해 '평등한 명절 문화'를 강조하지만, 보여주기식에 그치니 남성 누구도 의무로 생각하지 않는다.

　　그렇다면 설날과 명절이 다가왔을 때 우주 여행자 당신이 **보통의 한국인**으로 자연스럽게 녹아들려면 무엇을 해야 할까. 정답은 조상신을 섬기고 존경한다고 반복적으로 말하기다. 말로만 하면 끝이다. 더 해야 할 일도 없다. 주변에 이렇게 자랑하자. 명절마다 집안에서 제사를 지내고 한 번 지낼 때마다 수십 명은 모이는데, 이때 집안사람으로서의 자부심이 있다는 등의 말만 대충 얼버무리자. 제사가 이뤄지는 곳이 깊은 시골이라 말하자. 절을 하는 남성들과 음식을 요리하는 여성들까지 한복 착용이 원칙이라는 말까지 보탠다면 금상첨화다. 우주 여행자 당신은 어느새 '요즘 보기 드문' 혹은 '전통을 지키는 집안 기둥' 등의 수식이 붙는 **보통의 한국인**, 듬직한 아들로 각인될 것이다. 이런 남자로 각인되면

조직 내 주요 보직도 맡을 수 있다. 한국 사회는
아들에게 자리를 못 줘서 안달이기 때문에
걱정할 것 없다. 말 몇 마디로 권력을 쥘 수 있는
한국살이. 이 대단한 경험을 당신이 겪었으면
한다.

2장

성을 대하는 태도

장애인을 외면하기

우주 여행자 당신은 한국을 돌아다니면서
장애인을 본 적 있는지 모르겠다. 장애인은 분명히
존재하는데, 당신의 일상에서 장애인과 함께
무언갈 해본 게 과연 얼마나 있는지 묻고 싶다.
한국은 모든 생활 기준을 비장애인에 맞춰서
설계한다. 대중교통, 공공장소, 식당, 카페, 편의
시설, 주거지 등 대부분이 장애인을 고려하지 않은
채 만들어져 있다.

      이렇게 말하면 꼭 "지하철 엘리베이터, 저상
버스, 턱 없는 문 같은 건 어떻게 된 것이냐"라고
지적하는 비장애인들이 있다. 물론 장애인이
이용할 수단이 아예 없는 것은 아니지만, 당사자가
실제 생활에 불편을 느끼지 못할 만큼 있는 것도
아니라는 사실을 애써 부정하는 주장이다. 당장
나는 안 불편하니까, 내가 보기엔 장애인용 시설이

많은 것 같으니까, 그래서 장애인의 권리 요구는 '이기적인 행동'으로 보이니까 억지를 부리는 것뿐이다.

우주 여행자 당신이 **보통의 한국인**으로 살아가려면 당신 역시 장애인 인권에 무신경하거나, 무신경을 넘어 혐오해야 한다. **보통의 한국인**은 장애인 인권을 존중하는 것을 오히려 불편해한다. 가장 최근의 예로, 서울 지역 지하철에서 이어지는 장애인 단체 승하차 운동이 있을 것이다. 서울 지하철역 전체에 엘리베이터를 설치해달라는 그 단순하고 기본적인 요청에도 서울시 행정은 묵묵부답으로 일관했다. 이 현실을 깨고자 장애인 단체가 특정 역에서 반복적으로 승하차하는 운동을 시작했는데, 이걸 두고 한국의 언론과 여론은 '너무하다'라며 손가락질했다. 그들의 승하차 운동으로 인해 비장애인들이 교통 피해를 입었다는 이유다.

내 생각이 잘못된 건지 우주 여행자 당신의 시선에서 한 번 생각해 주길 바란다. 나는 아직 별과 별 사이, 행성과 행성 사이의 왕래도 못 하는 이 인간이라는 종족이 현대사회까지 살아남으며 생태계를 구축할 수 있었던 건, 협력과 연대의 힘 덕분이라고 생각한다. 그런 인간 중에서 단지

장애가 있다는 이유만으로 사회에서 철저히 배제되어야 마땅하다고 주장하는 것은, 너무나 어리석은 행위라고 본다. 지구 바깥, 아니면 은하계 바깥에서 온 당신의 시선에선 이게 웃기지 않는지 꼭 묻고 싶다. 활동 범위가 자유롭지 않은 이들과 함께 생활할 수 있게, 누구도 차별받거나 배제되지 않는 사회를 만들자는 주장이 불편하다는 게 우습지 않은가.

　　　한국은 장애인에게 늘 이런 식으로 굴었다. 대통령이 누구든, 집권 정당이 어디든 크게 다를 것 없었다. 한 번은 소속 의원이 100명 넘는 어떤 거대 정당의 대표가 소셜미디어에서 대놓고 장애인 비하를 일삼은 적도 있었다. 장애인 승하차 시위가 시민 불편을 초래한다고, 이들을 절대로 가만히 두고 보지 않겠다며 혐오를 조장했다. 이 대표를 향한 비판의 말이 없진 않았지만, 오히려 동조하는 목소리가 더 크고 많았다. 이 혐오의 힘을 이용해 해당 대표가 집권하는 정당은, 대통령 유력 후보를 배출하고 실제 집권까지 이뤄냈다. 놀랍지 않은가. 우주 여행자 당신의 별이나 행성에서도 이런 일이 가능한지 궁금하다. 모르긴 몰라도 한국처럼 혐오가 난무하거나 시민의 대표가 혐오를 조장하는 현상은 없지 않을까 상상해 본다.

　　　우주 여행자 당신이 봐도 이 국가가
부끄럽겠지만, **보통의 한국인**이 되려면 어쩔 수
없다. 지하철을 이용하다 장애인 탑승객 때문에
일정이 늦어지면 대놓고 불평하고, 장애인
단체들이 정부 지원금 받아서 호화스럽게
생활하는 것 아니냐고 의심하고, 장애인 인권 운동
단체는 늘 시끄럽다고 혐오하고, 장애인을 '위해'
비장애인이 희생해야 하는 게 짜증 난다고 불만을
토로해야 누구도 의심하지 않는, 가장 **보통의
한국인**이 될 수 있을 것이다.

성차별에 찬성하기

첫 번째 장에서 당신의 성염색체를 XY로
설정하라는 가이드가 있었다. 이때 우주 여행자
당신은 의문이 들었을 수도 있다. 이토록 성별에
기반을 둔 차별이 만연한 사회인데 왜 반기를
들고 바꾸자는 한국인이 없을까 하고 말이다.
왜 없었겠나. 당연히 오래전부터 성차별에
반대하고 평등을 외친 사람들이 있다. 지금도
거리 곳곳에서, 각자의 자리에서, 안전의 위협을
받으면서까지 외치는 사람들이 있다. 정도의
차이만 있을 뿐이지 사실상 인구의 절반에
해당하는 여성, 그 여성 대부분 역시 성차별에
반대하고 있다. 그러나 이 외침을 오랫동안
뭉개버리고자 한 한국 사회의 강력한 관성 때문에
성차별은 여전히 심각하다.

　　　우주 여행자 당신이 한국에서 편히

살아가려면 성차별에 적극 찬성해야 한다.
혹시라도 '성별에 관계없이 평등해야 한다'라고
말하는 순간 당신은 사회적으로 배제될지 모른다.
다행히 당신이 첫 장의 가이드에 따라 성별을
남성으로 설정한 상태라면 '남페미' 정도로
불리며 안전하게 생활할지 모르지만, 남성이
아닌 상태에서 성차별 철폐를 외치는 순간 생명의
위협까지 감수해야 한다. 이 나라는 성차별을
공고히 지키고자 **보통의 한국인**들이 힘을 합쳐서
움직인다. 정책적으로 성차별을 조장하도록
구성하면, 시민 사회가 이에 부응해 움직이는
방식이다.

　　　예를 들어, 인공 임신 중절이라는 의료
행위 역시 정자를 제공한 남성의 책임은 단
하나도 없고, 모두 임신 주체인 여성과 의료
행위를 담당한 의사에게만 죄를 물을 수 있도록
의료법이 제정돼 있다. 2019년 4월경에 이 법이
헌법에 위배된다는 결론이 났음에도 2023년
현재까지 딱히 제도를 손보지 않고 있다. 해당
법안에 반대하는 시민이 전체 시민에 비해 현저히
적고, 인공 임신 중절 자체를 죄악으로 보는
사회 분위기가 만연하기에 법은 제자리에 멈춰
있다. **보통의 한국인**들은 이 인공 임신 중절이

자유로워지면 생명 경시 현상이 일어날 것이라며 반드시 막아야 한다고 외친다. 한국은 이 정도로 성차별에 적극 가담하는 **보통의 한국인**들로 구성된 나라다.

이 분위기를 우주 여행자 당신이 일상에서 깨부수기란 쉽지 않다. 아무리 지구와 한국에 대한 지식을 꼼꼼히 공부했다 하더라도, 모든 지식을 총동원한다고 하더라도 한국의 성차별 문화 앞에선 무용지물이다. 한국에는 '성평등', '페미니즘', '여성인권'을 입에 올리는 순간 자료와 근거에 기반한 토론이 아니라 드잡이와 우기기로 밀어붙이는 사람들, 아니 남자들이 너무나 많다. 논의 자체가 진전되지 않으니 설득의 기회도 없는 셈이다. 차라리 돌을 인간으로 만드는 게 나을 수준이다.

한번은 한 게임 업계 노동자가 페미니즘 문구가 적힌 티셔츠를 입었다는 이유로 직장에서 해고되는 일도 있었다. 먼 과거의 일도 아니다 불과 몇 년 전이다. 그로부터 지금까지 한국 사회는 대대적인 개혁 없이 제자리걸음만 반복하고 있다. 권력을 쥐고 있는 건 여전히 남성이며, 이 남성들이 또 다른 성차별주의자들을 양산하고 있는 구도가 국가 전체를 움직이고 있다.

국가 혁명 수준의 변화가 없는 이상, 단기간에 바뀌긴 어렵다. 그러니 꼭 우주 여행자 당신은 성차별에 찬성하는 한국인으로 당신의 캐릭터를 잘 잡아나가길 바란다. 그래야 편하게 권력자로 살 수 있다.

물론 성차별주의자임에도 페미니즘에 찬성하는 목소리도 있다. 그런데 이때의 '찬성'은 달리 말해 '허락'에 가깝다. 그들의 입맛에 맞는 페미니즘만 허락하는 것이다. 그들은 주로 '올바른 페미니즘이란 무엇인가'에 대해 본인들만의 리스트를 만든다. 간단히만 예를 들어보자면, 이런 식이다. 여성도 사회적 진출을 하고 있으니 데이트 때 더치페이를 해야 진정한 페미니즘, 노출이 있는 옷을 입은 건 자신의 몸을 자랑하기 위한 것이니 시선이나 촬영 시도를 자랑스럽게 여겨야 진정한 페미니즘, 여성은 조신하게 대화하는 능력이 있으니까 이를 바탕으로 남성을 부드럽게 설득하는 것이 진정한 페미니즘 등이다. 성별에 따른 권력과 그 권력이 만들어 내는 여러 사회적 맥락을 말끔히 지우고, 남성 기득권 중심 시각에서 해석한 결과다. 이런 '허락된' 페미니즘이 아니라면 용서하지 않겠다고 고집을 부린다.

먼 우주에서 온 여행자 당신의 입장에선

이해하기 어려울지도 모르겠다. 물론 나 역시
당신에게 성차별에 찬성하라고 권고하는 게
부끄럽다. 한국은 옛날부터 성차별이 만연하긴
했다만, 지금이 과거보다 더 심해지는 것 같다.
나는 이 원인의 핵심에 '일간베스트 저장소'와
'디시인사이드'라 불리는(이하 각각 '일베', '디시') 한국
남자들의 온라인 커뮤니티의 역할이 컸다고 본다.
여성을 비롯한 사회적 약자 전체를 조롱하고
희화하며, 심지어 오프라인 범죄까지 일삼던
이용자들이 우리 사회 각종 요직에 들어서기
시작한 때가 지금이 아닐까. 한때는 일베나 디시와
같은 커뮤니티 이용자만 소통하면 그나마 바로
잡히지 않을까 했지만, 이제 두 곳의 사고방식이
보통의 한국 남자 평균 사고방식을 대변하고
있다. 그야말로 한국 남자 집단이 일베와 디시에
절여졌다 해도 과언이 아니다.

　　　보통의 한국인, 그중 가장 보통의 한국
남자가 된다는 건 결국, 한 사회의 괴물이 된다는
것과 같다. 그러나 아이러니하게도 괴물이 되어야
생존율이 높아진다. 우주 여행자 당신이 이 땅에
얼마나 있을지 모르지만, 머무는 동안만이라도
안전이 보장된 채 살아가길 바란다. 그러려면
당신은 가장 보통의 한국 남자, 안전을 보장받은

괴물이 되어야 한다. 페미니스트가 아니라 말하고, 태생적 특성에 따라 남성이 더 우월한 건 어쩔 수 없다 말하고, 이래서 여자들은 안 된다 말하고, 성차별이 아니라 능력에 따른 차별이라 말하고, 평등을 추구하면 역차별이라 울고, 이제는 여자가 더 살기 좋은 세상이라 서글프다 말하고, 또 기타 등등 각종 차별에 찬성하는. 가장 보통의 한국 남자가 되어 편히 지내다 안식처로 돌아가길 바란다.

노 키즈 존 운영하기

지구인의 생애주기를 알고 있는지 모르겠다.
이미 여러 자료를 통해 살펴본 바 있겠지만,
지구인은 유아기부터 청소년기, 성인기 등을 거쳐
노년기로 접어든다. 꾸준히 성장하다가 어느
시점부터 신체 노화 때문에 죽음을 준비해야
한다. 청소년기쯤에는 자아가 어느 정도 성립되고
사회화가 진행되지만 영유아기 때는 보호자의
보호가 필요하다. 스스로의 판단과 행동이 때로는
큰 화를 부를 수도 있기 때문이다. 최소 청소년기
이상의 지구인이 곁에서 보호하고 지켜주는 것이
지구인이 생존할 수 있는 섭리에 가깝다.

　　　하지만 한국에서는 이 영유아기 지구인,
즉 어린이의 입장을 거부하는 오프라인 매장들이
있다. 표면적 명분은 매장 내 위험한 요소가
있어서라고 하지만, 그냥 매장 운영자들의

나태함과 이기심 때문에 어린이 입장을 막고 있다. '아동 거부 업소'라는 정확한 명칭도 쓰기 꺼려져서 '노 키즈 존'이라는 타 국가 언어를 빌려 그럴싸하게 포장한다. 혹시나 우주 여행자 당신이 지구 어린이 상태이거나, 어린이 모습으로 변장한 우주 여행자와 함께 어딘가를 방문할 때는 꼭 노 키즈 존인지 찾아봐야 한다. 노 키즈 존은 간판이나 매장 입구에 '여기는 노 키즈 존입니다'라고 크게 알리는 게 아니라 정말 조그맣게, 카운터 앞 어딘가에 비밀스럽게 기록해 놓는다. 그래야 결제까지 마치고 포장 손님으로 쫓아낼 수 있기 때문이다. **보통의 한국인들**은 이런 방면에서 영리하다.

재미있는 점은, 한국에는 원래 노 키즈 존이라는 개념이 없었다. 노 키즈 존을 운영하는 한국인들은 그러니까 본인들 어렸을 때는 아무 매장이나 자유롭게 드나들다가, 막상 자기 매장을 차릴 땐 노 키즈 존을 표방한다. 과거 자료를 찾아보면 한국의 프렌차이즈 감자탕집에는 어린이 놀이터가 따로 있을 정도로 어린이 손님에게 관대했다. 뜨거운 불에 펄펄 끓으며 먹는 음식점에서도 어린이를 환영하는 시절이 있었는데 어느 순간부터 노 키즈 존을 내세우더니, 유행처럼 번졌다. 그래서 나는 이 노 키즈 존 운영자들을 이기적이라 불러도 무방하다고 생각한다.

유행이 됐다는 건 수요가 있다는 뜻이다. '노 키즈 존은 어린이 차별이다'라는 인식이 **보통의 한국인** 정서였다면 시장에서 금방 사라졌겠지만, 노 키즈 존을 선호하는 인구가 갈수록 늘고 있다. 통제가 어렵고 시끄러운 어린이와 같은 공간에 있기 싫다는 이유다. 실제 어린이 모두가 시끄럽거나 통제 불가이지 않은데도 그들은 어린이가 자기 삶을 망친다고 믿는다. 그들 역시 앞서 말한 것처럼 영유아기를 반드시 거치며 사회적 보살핌을 받았으면서 말이다. 자기는 절대 그렇지 않았다며 자위하지만 안타깝게도 지능적 부족함을 증명하는 꼴에 불과하다.

우주 여행자 당신도 한국에서 식당이나 카페, 기타 오프라인 매장을 운영하며 생계를 유지할 계획이라면 노 키즈 존으로 운영해야 돈을 더 벌 수 있다. 소위 '잘 나가는' 매장들을 보면 대부분이 노 키즈 존이다. 그런 매장들의 타겟층은 ①소셜미디어 활용을 잘하는 ②20대부터 30대의 ③고소득 한국인 혹은 고소득 한국인을 보호자로 둔 고객들이다. 이 요소를 갖춘 한국인 중 다수가 노 키즈 존에 긍정적이며, 그들은 노 키즈 존 업장에 입장하는 행위 자체를 '힙'하다고 생각하고 있다. 자랑하기 좋아하고 타인을 차별하는 게 차별인 줄 모르는 손님을 모을수록 우주 여행자 당신은 돈을 벌 수 있다.

만약 노 키즈 존 매장을 운영하기로 결심했다면 아래와 같은 지침에 따르길 바란다. 당신이 돈방석 위에 앉는 비결이다.

1

'노 키즈 존' 문구는 매장 입구에 조그맣게, 혹은 계산대 메뉴판 밑에 살짝 기록해서 어린이 동반 손님의 결제도 유도하자. 음료나 음식을 포장해서 내보내면 된다. 많은 노 키즈 존 매장들이 이 속임수를 이용하고 있다.

2

가게명은 되도록 한국이 아닌 국가의 언어(영어가 가장 좋다)로 쓰고 한글 표기도 생략하자. 과감하게 메뉴까지 다 영어로 구성해도 된다. 최대한 한국적 요소가 없어야 소셜미디어에 회자되는 '힙한 매장'이 될 수 있다.

3

노 키즈 존으로 운영하는 이유는 간결하게 설명하자. 가장 좋은 설명은 '매장 내 위험 요소들이 어린이 친구들을 다치게 할 수도 있어 안타깝게도 노 키즈 존입니다' 정도다. 절대로 우주 여행자 당신이 차별주의자라는 사실을 드러내선 안 된다.

4

노 키즈 존 매장이지만, 어린이를 사랑한다는 사실을 소셜 미디어 등으로 꾸준히 표출하자. 우주 여행자 당신의 지인 중 어린이를 양육하는 가정이 있다면 그 어린이와 사진을 찍어서 업로드한다든지, 매장 근처를 배회하는 어린이의 뒷모습을 기록한다든지 '사랑 넘치지만 아쉽게도 노 키즈 존을 운영할 수밖에 없는 자신'을 강조하자. 그래야 동정심을 더 불러일으켜 매출을 올릴 수 있다.

5

노 키즈 존이라는 사실에 대해 비판받을 각오는 반드시 하자. 하지만 위 네 가지 사항을 충실하게 수행했다면 당신을 옹호하는 한국인 집단이 꽤 생겼을 것이기에 알아서 보호해준다. 그들도 사실 본인들이 차별주의자인 것을 숨기기 위해 최선을 다하기 때문이다.

성소수자 배척하기

우주 여행자 당신이 **보통의 한국인**이 되려면
성소수자를 배척해야 한다. 성소수자라는
용어에는 여러 가지 해석이 있고, 학문적 지식이
동반돼야 정확한 설명이 가능하다. 당신이
거주하던 곳에 성별이라는 개념이 있었는지
없었는지 불분명하므로, 가장 간편하게
설명하자면 성소수자는 이성애자가 아닌 개인을
일컫는 용어라 할 수 있다. 여기에는 다양한 성적
지향성을 가진 사람들이 포함되며 게이, 레즈비언,
바이섹슈얼, 트랜스젠더와 같은 그룹이 일반적인
분류다. 간단한 가이드북에서 관련 내용을 상세히
다루기는 어려우므로, 관심이 있다면 지구에
존재하는 수많은 학술자료를 꼼꼼히 살펴보길
추천한다. 지구인은 단순히 여성과 남성이라는
성별로만 나뉘는 게 아니며, 이성 간의 성애만이

'정상적' 사랑은 아니기 때문이다.

하시긴 **보통의 한국인**이 되고자 한다면 이 성소수자를 철저히 배척해야 한다. 동성혼 법제화나 차별금지법이라는 용어만 봐도 기를 쓰고 화내자. 성소수자를 시민 동료로 인정하는 게 아니라, 교화하고 개선시켜야 할 사회적 악으로 규정할수록 당신은 가장 **보통의 한국인**이 될 수 있다. 성별 정체성이나 성적 지향성이 다수와 다르다고 해서 사회적 문제를 일으키지 않는데도 배척해야 한다. 당신이 성소수자와 함께하는, 차별 없는 삶을 꿈꾸는 사람으로 인식되는 순간 우주 여행자 당신은 **보통의 한국인**으로 인정받지 못한다.

물론 성소수자에 대한 한국 여론이 과거에 비해 개선된 지점은 미약하게나마 있다. 그러나 그뿐이다. 자기 눈앞에 안 보이는 것을 더 선호한다. 예컨대 "존중은 하는데 나는 싫다" 같은 말이 차별인 줄 모른다. 저런 말을 공개적인 장소에서 해도 딱히 비난이나 질타를 받지 않는 곳이 바로 한국이다. 오히려 동조하는 사람이 나타나는 게 더 자연스럽다. '사실은 나도 그렇다'라거나 '나만 그렇게 생각하는 줄 알았다'라며 웃는 얼굴로 차별을 확산시킨다. 그런 정서가 한국 전반에 깔려 있다. 이와 반대로 성소수자를 시민 동료로 생각하고 그들의 인권을 보호하고자 힘쓰는 한국인도 존재하고 있다. 그러나 성소수자도 시민 동료라고 외치는 사람들은 **보통의 한국인**으로부터 외면당하기 일쑤다. '어떤 결함이 있으니 쟤네를 옹호할 것이다'라는 편견을 받아내야 한다.

한국의 비참한 차별 인식이 가장 잘 드러나는 건 아무래도 퀴어 페스티벌이 열리는 현장일 것이다. 우주 여행자 당신도 꼭 한 번 기회가 된다면 퀴어 페스티벌에 참여해 보길 바란다. 당신이 이성애자 한국인이라는 형태로 살아가고 있더라도 페스티벌 현장에선 당신을 차별하지 않는다. 모두에게 열려있다.

하지만 모두에게 열린 이 축제를 **보통의 한국인**들은 각종 이유를 들며 혐오한다. 변태적이라거나, 음습한 문화를 양지로 끌어올린 게 잘못이라거나, 자연의 섭리를 깨는 곳인 양 취급한다. 그렇다고 이성애자들의 연애나 섹스 등이 그들 주장처럼 '정숙'하고 '깨끗'한지 따지고 보면, 그렇지도 않다. 그저 자기들과 다르다는 이유만으로 아주 지구가 무너지는 듯이 호들갑을 떤다.

한국에서 성소수자를 가장 싫어하는 집단은

아무래도 정치인들이다. 의원 수 10명 미만의 작은 성냥들을 제외한, 가장 커다란 정당이 두 곳 있는데 정치색을 막론하고 성소수자를 혐오한다. 정도의 차이만 있지 근본은 비슷하다. 한쪽은 대놓고 말살을 외치고, 또 한쪽은 은근한 방식으로 차별한다. 아까 언급했던 '존중은 하는데 나는 싫다' 정도의 노선으로 정치를 일삼는다. 아직 때가 아니라는 둥, 보편적인 시민 정서가 그렇지 않다는 둥 별의별 변명을 해대지만, 결과적으로 보면 '표'가 안 되기 때문에 정치인들은 성소수자를 위한 정치를 하지 않는다. 그래서 나는 이 두 거대 정당 모두 좋아하지 않는다.

　　　우주 여행자 당신 입장에선 이해가 힘들 수도 있다. 고작 이런 것 가지고 이 작은 땅에서 혐오를 일삼는 게 우스워 보일지도 모르겠다. 나도 부끄럽긴 하지만, 한국이 이렇다. 그러니 우주 여행자 당신도 부디 성소수자를 배척하며 **보통의 한국인**스러운 삶을 살아야 당신의 존재를 들키지 않고 자연스럽게 이 땅에 녹아들 수 있을 것이다.

비건을 유별나게 보기

비건이라는 삶의 방식이 있다. 간단하게
설명하자면 채식 방법 중 하나다. 육류와 어패류
등을 섭취하지 않고, 오직 채식으로만 이뤄진
식단을 추구하는 방식이다. 식재료에 대한 불호가
원인일 수도 있고, 자신의 신념에 따라 비건으로
살아갈 수도 있다. 비건을 추구하는 사람들은
인간의 생존을 위해 다른 생물을 살육하는 것에
대해 반대하고, 나아가 동물권을 위해 힘쓰고
있다. 나 역시 이러한 삶의 방식을 존중하고,
비건을 '지향'하며 살려고 노력 중이다.

　　우주 여행자 당신이 보기에도 이 삶의
방식이 더 적절하다고 판단될 수 있다. 하지만
문제는, 한국에서 비건으로 살아가기란 너무나
힘들다. 특히 우주 여행자 당신이 부득이한
사정으로 서울이 아닌 비수도권에 거주지를

마련했다면 비건으로서 생활할 때 여러 가지 제약이 따른다. 서울에는 비건식을 제공하는 식당이, 아직은 부족하지만 여럿 존재한다. 그에 반해 비수도권에는 비건식이 제공되는 식당이 거의 없는 지역이 다수이며, 제공된다고 하더라도 매우 제한적인 메뉴에 불과해 다양한 먹거리를 즐길 수 없다. 그러니 집 바깥에서 누군가와 약속 자리를 갖거나, 직장 및 기타 업무적인 이유로 만나는 사람들과 식사할 때 선택지가 거의 없다. 바깥에서의 선택지가 없으면 직접 요리해서 먹는 방식만 선택할 수야 있겠지만, 비건이라는 이유로 외식이 제한되는 건 2020년대의 한국이 얼마나 다양성에 무지한지 증명하는 현상이라 생각한다.

　　비건 식당이 이토록 적은 데는 여러 원인이 있으나, 가장 큰 이유는 동물권 자체를 중요하게 생각하지 않기 때문이다. 우주 여행자 당신도 한번 실험해 보면 좋겠다. 딱히 친밀하지 않고 오늘 처음 본 사람들로 가득한 자리에서 "저는 비건이에요"라고 말하는 순간, 호기심 반 불편함 반의 질문과 시선을 여럿 받을 것이다. 당신의 비건 선언을 존중해 주는 사람도 있겠지만, 왜 동물을 먹지 않는지, 식물은 아프지 않다는 건지, 꼭 그렇게 신념을 지켜야 하는 이유가 있는지,

성장 과정에서 무슨 상처가 있었는지 등 점점
무례한 질문을 하는 사람이 꼭 한 명씩은 나온다.
온라인으로 장소를 옮기면 이 무례함은 몇 곱절
더 크게 발현된다. 비건은 멍청하다거나, 인간에게
육식이 필요한데 그걸 부정한다거나, 동물권
운운하는 것 자체가 역겹다는 반응이 줄을 잇는다.
이 혐오 가득한 세상에서 비건을 선언하고 꿋꿋이
지켜나가는 건 정말로 쉬운 일이 아니다.

요즘은 기업에서도 비건 인증 식품을
판매하고, 여러 가지 변화를 주고는 있지만,
전체 식품군에 비해서 극단적으로 적은
비율이다. 일각에서는 '수요가 없으니 공급도
없는 자연스러운 현상'이라고 하지만, 나는 조금
바꿔서 물어보고 싶다. 수요가 없는 게 아니라,
수요가 없는 것처럼 보고 싶은 마음이 더 크게
작용하는 것 아니냐고 말이다. 비건은 유별나다,
비건은 허세다, 비건은 이기적이다 등 비건을
유독 싫어하는 사람이 한국에 많다. 그런 이들과
대척점에 서지 않기 위해서라도 우주 여행자
당신은 비건으로 살지 않는 편을 추천한다. 자칫
비건 지향인의 삶을 선택했다가 '유별나다'라는
이미지가 씌워지고, 그런 유별난 사람을 염탐하기
좋아하는 한국인 때문에 혹시라도 정체가 탄로

나면 곤란하지 않은가. 비건을 혐오하는 이들은
난순 혐오에 그치지 않고 온갖 음습한 행위도
잘하기 때문에 조심해야 한다.

혹시나 비건에 대한 인식이 어떠한지
참고할 수 있게, 온라인 자료를 아래에 첨부한다.
방금 막 포털 사이트에서 비건 관련 뉴스를 검색한
후, 공감 지수가 높은 댓글을 골라왔다.

ldca****

그럼 커피는 식물 열매를 갈취해서 볶기까지 해서 갈아서
내리는 잔악무도한 행위고, 김치는 배추의 생명이 되는 뿌
리를 잘라서 숨 죽이기 위해서 소금 쳐서 죽이는 행위냐?

dani****

ㅅㅂ 저런 동물 단체들, 인권 단체들, 페미 단체들만 없어
져도 이 나라가 2배는 살만해질 듯 ㅋㅋ

jijo****

크으... 이거 보고 오늘 저녁은 삼겹살로 결정하였습니다

kilo****

니가 먹는 식물도 살아있는 생명이다. 그리 생각하면 저런
짓 못 할 텐데 식물은 생명체라고 여기지도 않는가 보군

xkxo****

고기 못 먹어서 스트레스 쌓였나보다

bceg****

원래 사람은 도구를 다룰 때부터 잡식으로 진화해 왔어
이것들아

　'이상하고 환장하는 나라'라는 표현이 실로
잘 어울리는 한국 아닌가.

인종차별에 함께하기

한국은 외국인을 존중하거나 시민 동료로
인정하지 않는다. 쉽게 설명해 보자면, 어떤
흑인 부부가 한국에 귀화해 아이를 출산했고, 그
아이가 '안희석' 같은 이름으로 출생 등록이 되어도
같은 한국인으로 여기지 않는다. 이 현상은 한국
기성세대 전반이 가지고 있는 외국인 혐오에서
출발한다. 기성세대가 아닌 차세대 한국인들이
공적 교육 기관에서 이 혐오 현상이 잘못됐다고
배우지만, 기성세대가 최고존엄처럼 여겨지는
가정으로 돌아가 혐오를 답습함으로 인해서
확산되는 문제다. 그러니 우주 여행자 당신도
보통의 한국인으로 녹아들고자 한다면 외국인
혐오를 자연스럽게 툭툭 내뱉을 줄 알아야 한다.

외국인 혐오를 어릴 때부터 체득한 차세대
한국인들은 관련 혐오 단어도 생활 속에서 배운다.

짱깨, 흑형, 쪽바리 등 외국인을 비하하는 표현이
다채롭기에 그중 본인이 꽂히는 것들로 자주
사용한다. '요즘은 덜하다'라고 옹호하는 한국인도
가끔 있기는 하지만, 덜한 게 중요한 게 아니라
아예 없어야 당연한 건데 그 기준을 한참 하향
평준화고 있다. 한 민족, 한 핏줄 등에 유독 진심인
한국인들은 이 외국인 혐오를 일종의 놀이처럼
여긴다. 그러니 본인들의 놀이와 흥을 깨는 사람이
있으면 득달같이 달려들어서 사회 밖으로 못
나오게 만든다.

만약 "이것은 인종차별이다"라고 외치는
당사자가 한국에서 살아가는 외국인이라면, 곧장
"한국 돈 버는 주제에 배은망덕한 놈"이라며 집단
괴롭힘을 시작한다. 그렇게 한 외국인의 일자리를
빼앗고, 그 당사자가 한국에 질려서 외국으로
떠나면 "역시 외국놈들은 믿으면 안 된다"라며
배신자 취급한다.

우주 여행자 당신도 이미 알고 있는지
모르겠지만, 국가 권력자들 역시 외국인 혐오에
진심이다. 한 권력자는 대통령 후보 시절에
"손발로 하는 노동은 아프리카에서나 하는
것"이라며 대놓고 비하 발언을 했는데도 대통령이
됐다. 당시 여론이 이 발언을 지적하지 않은

것은 아니지만, 이런 발언에도 불구하고 그는
대통령이 될 수 있었다 이게 한국이다. 혐오를
전방위적으로 발산해도 결국 이익 집단의
응원으로 대통령도 된다. 그러니 우주 여행자
당신이 혹시나 '외국인 혐오가 잦으면 오히려
집단에서 배제되는 것 아닐까'라고 걱정한다면
그건 기우에 가깝다는 말을 전하고 싶다. 당신이
올바른 사고방식으로 살아가는 한국인 틈에
있다가 배제되더라도 그런 당신을 불쌍하다며
거둬주는 곳이 또 있을 것이다. 아 물론, 가이드북
첫 장에 설명한 것처럼 이때의 당신은 한국
남자 상태여야 더 좋은 효과를 볼 수 있다. 한국
남자는 몇 번의 실수도 용서받고, 몇 번의 잘못도
포용된다. 걱정하지 말자.

외국인 혐오에 진심인 **보통의 한국인**들이
가장 싫어하는 이는 바로 '조선족'이다. 각종
영화나 드라마, 심지어 뉴스에서도 조선족의
위험성을 과대 포장하며 알리는 데 힘쓴다.
'중국동포'라고 부르는 것이 바람직하지만, 한국인
정서를 바탕으로 설명해야 하기에 부득이 조선족
단어를 이 가이드북에선 그대로 썼다.

조선족을 간단히만 설명하자면,
한민족(Ethnic Koreans) 중 한 집단을 뜻하며,

이때 한민족이란 한국어를 사용하면서 한국 혈통으로서의 문화나 정체성을 공유하는 민족이다. 한국인과 같은 언어, 같은 정체성을 갖고 있지만 역사적 요인이나 그 밖의 사유로 중국으로 이주하여 중국 국적을 가지고 있는 소수민족이 조선족이다. 한국과 중국의 교류가 활발해진 후 조선족 다수가 한국에 거주하는 중이며, 재외동포로서 정당하게 비자를 발급받아 살고 있다.

한국인이 조선족에 혐오 발언을 일삼는 이유에는 여러 가지가 있지만, 그중 가장 큰 요소는 '조선족은 범죄 집단이다'라는 편견 때문이다. 조선족 중에서 실제로 범죄를 일으키는 사람이 없는 것은 아니지만, 조선족 한 명이 강력범죄(살인, 성폭행 등)를 저지르는 순간 한국인은 조선족 전체의 문제로 치환한다. 이 사고방식을 개선하기 위해 여러 교육과 자료가 제공되어도, 혐오 요소만 자극적으로 잘 빚어놓은 각종 미디어가 그 위를 순식간에 덮어버린다.

결국 평소에 외국인을 혐오하지 않던 한국인마저 '조선족은 범죄자'라는 프레임으로 세상을 바라볼 수밖에 없게 된다. 이미 굳어진 고정관념에 아무리 실제 통계자료를 보여줘봤자

'자료는 자료일 뿐'이라며 자신이 믿는 것만이 옳다고 여기다 재미있으면서도 슬픈 점은, 이 조선족 혐오가 워낙 심해지면서 중국인에 대한 혐오로 이어지고 결국 '마라탕 유행은 중화권 범죄자들의 돈세탁용 프로파간다'라고 말하는 이까지 생겼다는 사실이다. 자기 편견이 강한 노년 한국인 남성뿐만 아니라 청년층 한국인이 이 주장을 하고 있다.

　　　우주 여행자 당신이 **보통의 한국인**처럼 살아가려면 조선족 혐오를 일상에서 해내야 한다. 조선족 단어만 나오면 무섭다고 몸을 떨거나, 사회적 문제라거나, 진보 정치세력이 조선족을 고용해서 사회 위기를 조장한다는 등의 말을 한 번씩 하면 당신은 사회적으로 꽤 온건한 한국인으로 인식될 것이다. 한 핏줄, 한 민족의 칭호를 어렵지 않게 얻을 수 있다.

　　　조선족에 대한 당신의 혐오에 대고 실제 근거가 있느냐고 묻는 사람이 있다면, "아니 그걸 꼭 알려줘야 하느냐" 식으로 뭉개고 갈 수 있다. 그럼 우주 여행자 당신 주변에서 당신의 조선족 혐오에 동조하는 사람이 금방 도와줄 것이다. 잊지 말자. 단일 민족에 진심인 한국인들은 언제나 당신 주변에서 도와줄 준비가 돼 있을 것이다.

3장

혼용하기 '끝나', 학논

보행자보다 운전자

한국에서 살아가려면, 아니 살아남으려면 자동차 운전 능력이 있어야 한다. 아직 습득하지 않았다면 기술 모듈이든 알고리즘 입력이든 실제 연습이든 운전 능력을 하루빨리 익혀 놓자. 한국은 '보행자' 보다는 '운전자'로서 살아가기 더 안전하고 편안한 나라다. 지구의 여러 나라도 비슷한 상황이긴 하지만, 한국은 그중 유별나게 자가용 보급률이 높고 그에 맞게 운전자 중심으로 사고하는 사람이 훨씬 많다.

지구에는 자동차 통행로와 보행자 통행로가 별도로 존재한다. 또한, 보행자가 자동차 통행로를 가로질러 가고자 할 땐 '횡단보도'라는 것을 이용해야 한다. 이 횡단보도는 다음 페이지 사진과 같이 직선이 여러 줄 그어져 있어서 금방 눈으로 확인할 수 있다.

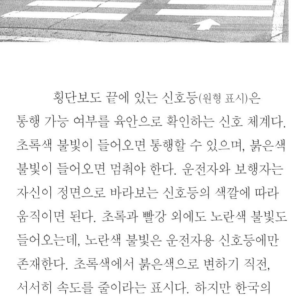

출처: 한국저작권위원회, 저작권자: 박정태, 저작물명: 파주출판단지_0031

　　횡단보도 끝에 있는 신호등(원형 표시)은
통행 가능 여부를 육안으로 확인하는 신호 체계다.
초록색 불빛이 들어오면 통행할 수 있으며, 붉은색
불빛이 들어오면 멈춰야 한다. 운전자와 보행자는
자신이 정면으로 바라보는 신호등의 색깔에 따라
움직이면 된다. 초록과 빨강 외에도 노란색 불빛도
들어오는데, 노란색 불빛은 운전자용 신호등에만
존재한다. 초록색에서 붉은색으로 변하기 직전,
서서히 속도를 줄이라는 표시다. 하지만 한국의
운전자들 대부분은 여기서 속도를 높인다.
붉은색으로 바뀌기 전에 통과하기 위해서다.

아무튼 보행자가 이용하는 횡단보도는 설치된 시력마다 형태가 다양하며, 신호등이 존재하지 않는 곳도 있다. 문제는, 한국에서 이 '신호등 없는 횡단보도'를 건널 때 매우 조심해야 한다. 법적으로 보행자 우선임에도 불구하고 운전자들이 횡단보도 앞에서 속도를 줄이지 않기 때문이다. 사람이 건너려고 하면 멈추는 게 아니라, 사람을 노란불처럼 여기며 속도를 높이기 시작한다. **보통의 한국인**은 보행자가 건너기 전에 운전자가 먼저 지나가야 직성이 풀린다는 듯이 빠르게 달려온다. 그게 당연한 줄 안다. 심지어 천천히 걷는 보행자에게 욕하는 운전자도 있다. 우주 여행자 당신이 처음 들어보는 한국 욕설을 들을지도 모른다.

인도와 차도가 구분되지 않은 단일 도로에서도 마찬가지다. 원칙상 여기서도 보행자가 우선이지만, 보행자가 자동차 진로에 방해된다는 이유로 경적을 크게 울리는 운전자가 다수다. 만약 고령의 지구인이 경적에 놀라 넘어져 다치면, 일부러 자해해서 운전자를 곤란하게 만들려고 했다는 주장까지 펼치는 운전자가 있다.

한국 운전자들이 이토록 기고만장할 수 있는 이유에는 여러 가지 환경이 작용하지만,

자동차가 사람보다 먼저라는 인식이 일상에 당연하게 스며들어 있기 때문이다. 예를 들어, 한국에도 지구의 다른 국가들처럼 '스쿨존', 즉 어린이 보호구역이 있는데, 이 스쿨존 속도제한을 두고 갈등이 심하다. 스쿨존에서의 자동차 속력을 '시속 30km 이하'로 제한하는 게 융통성 없다는 이유로 반대하는 운전자가 꽤 많다. 이 정책 때문에 직장에 지각할 수도 있었다는 운전자, 아무도 없는 게 뻔히 보이는데도 속력을 일부러 줄이는 게 무슨 소용이냐는 운전자, 이 법을 이용하며 자동차를 조롱하는 어린이가 있다고 주장하는 운전자 등이 속출했다. 우주 여행자 당신의 시선에서 보면 이해가 어려울지도 모른다. 생명을 가장 우선시하자는, 특히 성인에 비해 반응속도나 신체 능력이 평균적으로 떨어지는 어린이를 위해 배려하자는 정책에도 '융통성'을 운운하는 현실이 미개해 보일 수도 있다. 그러나 안타깝게도 이 참담한 주장에 귀 기울여주는 정치인이 있고, 속도 제한을 완화하려는 움직임도 힘 있게 추진됐다. 자동차가 사람보다 먼저라는 시대정신이 없었다면 불가능할 일이다.

운전자를 최우선으로 두는 문화(문화라 부르기도 부끄럽지만)는 음주운전에서 가장 잘 나타난다. 한국은 음주 운전자에게 관대하다. 알코올로 인해 판단 능력이 떨어진 운전자가 자동차를 운행하는 게 자연스러운 나라다. 혹시나 검문이나 사고로 인해 발각된다 해도 초범이면 가볍게, 재범이면 약간 가볍게 처벌하고 끝난다. 보행자를 다치게 해도 아주 무거운 처벌은 내려지지 않는다. 이 음주운전은 모든 범죄가 그렇듯이 남성 운전자들이 특히나 많이 저지르며, 많이 저지르는 만큼 심각하게 고려되지도 않는다. 그러니 우주 여행자 당신이 자동차가 지나갈 수 있는 거리에 있다면 음주 운전자에게 피해당하지 않도록 스스로 조심해야 한다.

　　　한국의 길거리에서 살아남으려면 '보행자'보다는 '운전자'로서 살아가자. 횡단보도 앞 서행, 상시 전방 주시, 어린이 보호 등의 규정이 있어도 지키지 않는 곳이 한국이다. 가끔 이 규정들을 지키려는 운전자도 있지만, 지키는 순간 뒤에서 모든 차들이 경적을 울려댄다. 서로가 서로를 운전자 중심 인간으로 만드는 곳. 괜히 환장의 나라가 아니다.

공정과 팩트에 집착하기

우주 여행자 당신이 지금 갖추고 있는 모습, 한국
남자의 모습으로 매일 강조해야 할 단어가 있다.
바로 '공정'과 '팩트'다. 한국 남자는 공정과 팩트에
굉장히 예민하다. 한국어 사전에 명시된 공정의
정의는 '공평하고 올바름'이며, 팩트는 사전적
정의와 사회적 용법에 따라 '객관적 사실'이라
이해하면 된다.

　　　문제는 한국 남자들이 외치는 공정과
팩트는 모두 자기 입맛에 맞게 해석된다는 점이다.
공평하고 올바름을 가늠하는 잣대, 객관적 사실
앞에서 무엇이 객관적인지에 대한 판단 등을 모두
자기들 멋대로 뒤바꾼다. 우주 여행자 당신도
이 행성에서 **보통의 한국인**으로 살아가려면 한국
남자들의 잣대를 잘 습득해야 한다. 만약 어떤
기준으로 공정과 팩트를 외칠지 헷갈린다면, 딱

하나의 원칙만 기억하면 된다. '어떤 것이 한국 남자에게 더 유리한가'만 고려하자. 한국 남자에게 유리할수록 **보통의 한국인**이 열광하는 공정과 팩트에 가깝게 인식된다.

한국 남자들이 말하는 공정과 팩트의 예시는 여러 가지가 있지만, 지난 십수 년간 울부짖었던 것 중 대표적인 사안만 아래에 정리했다.

① 군복무

한국 남자들은 징집제 대상에 여성도 포함돼야 공정하다고 말한다. 군복무를 마친 사람만 '1등 시민'으로 인정하려고 만든 이 군복무 제도의 구조나 역사를 말끔히 지운 채, 왜 남자들만 군대에 가느냐고 운다. 정말로 운다. 분노에 차서 주먹을 쥐고 부르르 떨지만, 정부나 헌법기관이 아닌 여성에게만 화낸다. 이 비겁한 공정 잣대를 잘 기억하자.

② 여성과 남성의 임금 차별

한국 남자들은 여성이 남성보다 임금을 덜 받는 현실이 팩트가 아니라고 주장한다. 한국이 OECD 국가 중 성별 임금 격차가 큰 국가에 속한다는 공식 통계가 있어도 이를 부정한다.
한국 남자가 언급하는 팩트에 따르면, 여성들은
고위험 직군을 기피하는 경향이 있고 이에 저임금
노동을 주로 선택하기 때문에 발생하는 결과일
뿐 성별에 따른 차별이 아니라고 한다. 우주
여행자 당신이 봤을 때도 한심하고 안타까울
정도의 멍청함이지만, 어쩔 수 없다. 당신도
성권력을 바탕으로 편하게 한국에서 살려면 한국
남자스러운 이 주장을 평소에 잘 숙지해야 한다.

③ 성폭력

한국 남자들은 '성폭력'의 기준이 공정하지
않으며, 이에 따른 '미투' 운동 역시 한국 남자에게
불리하게 작용했다고 주장한다. 한국 남자들은
성폭력 피해자가 △물리적인 폭력으로 인해 △몸을
움직일 수 없거나 △절대 도망칠 수 없는 상태에서
가해진 성폭력만이 '진짜 성폭력'이라고 주장한다.
이토록 편협한 세 가지 기준에 들지 않으면
성폭력이 아니라 '피해자 코스프레'를 하는 것이며,
따라서 이 경우의 미투는 거짓이라고 강조한다.
자신의 성권력을 인정하지 않는, 철저히 남성
중심에서만 판단하는 것인데도 '이것이 공정이자
팩트다'를 당당하게 외치는 걸 보면 우주 여행자

당신도 꽤 참담할 것이다.

④ '한남'의 범위

'한남'에 대한 비판을 두고 "나는 그런
남자가 아닌데 왜 한국과 남자라는 보통명사를
합쳐서 욕하느냐"라며 우는 한국 남자들이 있다.
본인은 예외로 두어야지 이렇게 '팩트'에서 벗어난,
'공정'하지 않은 비판을 하는 것은 잘못됐다고
외치는 편이다. 하지만 그들도 당연히 성차별
가해자에 속하며, 직접적 가해가 없었다 하더라도
방관자로 머물렀을 뿐 적극적으로 막아서거나
바로 잡으려 하지 않았다. 같은 가해자,
동조자인데 자기만 빼달라며 운다. 우주 여행자
당신도 앞으로 '한국 남자' 혹은 '한남'이라는
표현에 발끈하면서 "전 그런 남자들이랑
달라요"라고 말하면 자연스러운 한국 남자로
인식될 것이다.

이 정도만 잘 숙지해도 우주 여행자 당신이
한국 사회에 섞여 있을 때 유별난 존재는 되지
않을 것이다. 아주 지극히 한국 남자스러운 인간,
보통의 한국인으로 여겨질 것이니 걱정하지 않아도

된다. 한국에 무난하게 정착하려면 이런 비참한
것을 잘 수행해야 한다. 놀라운 사실은, 실제
한국 남자들은 이것들이 잘못됐다는 걸 진심으로
모른다. 몰라도 잘 살아간다.

무책임한 나라

우주 여행자 당신은 '국가'라는 개념을 어떻게 생각하는가. 한국어 사전이 정의하는 국가란, 일정한 크기의 영토와 해당 영토에 사는 사람이 있으며, 주권에 의한 통치 조직을 가지고 있는 사회 집단을 말한다. 이를 좀 더 깊이 들여다보면 국가는 통치, 즉 도맡아 다스리는 조직에 의해 운영되는 거대한 집단일 것이다. 따라서 '도맡아 다스리는' 조직은 국가에 소속된 사람을 보호하고 책임져야 할 의무가 있다. 여기까지는 우주 여행자 당신도 어느 정도 이해할 것이라 생각한다.

하지만 언젠가부터 한국은 국가의 의미를 상실하고 있다. 통치 조직이 자신의 책임을 다하지 않을뿐더러, 한국 국민의 안전을 지키는 데 소홀히 하고 있다. 아마 한국에 대한 정보를 지구 도착 전에 분석했다면 크게 공감하지 않을까 한다. 이 가이드북 집필일 기준으로 가장 최근의 참사였던 2022년 10월 29일 이태원 참사만 봐도 금방 알 수 있다. 안전 대책 미수립, 참사 후 핵심 관계자의 책임 회피, 참사 피해자 입 막기, 진상조사 방해 등을 국가가 주도하는 중이다. 국민의 안전을 지키는 게 아니라 자신들의 안위만 지키는 통치 조직이 한국을 운영한다는 건 꽤 절망적인 사실이다.

대형 참사 외에도 한국 국민은 일상에서 안전을 보장받지 못하고 있다. 여성의 범죄 피해가 극심하지만, 이에 따른 응당한 엄벌은 없다. 예를 들어, 한 남성이 한 여성을 성폭행했을 때 가해자 남성은 마법의 문장 몇 가지로 형량을 대폭 축소시킬 수 있다. 마법의 문장 중 가장 유명한 것들은 다음과 같다.

① 초범이라서
② 범행 당시 심신미약이라서
③ 앞날이 아직 창창한 나이라서
④ 깊이 반성하고 있어서

이 네 가지 문장으로 형량을 절반, 혹은
아예 없앨 수도 있는 나라가 한국이다. 이는
통치 조직의 남성 중심 사고가 법과 제도에
녹아든 결과다. 이 가이드북 초반에 한국 남자로
설정하라고 누누이 당부했던 이유다. 우주 여행자
당신이 범죄자가 되지 않아야 겠지만, 행여 범죄를
저지르더라도 당신 역시 마법의 문장 몇 가지로
형량을 줄일 수 있다.

일터에서도 많은 한국인이 죽거나
다친다. 우주 여행자 당신의 별이나 행성에서는
노동을 하다 죽는 생명체가 하루에 얼마나
되는지 궁금하다. 한국은 하루에 최소 2명꼴로
일하다 죽는다. 작년 한 해에만 644명이 죽었고,
611명이 다쳤다. 이것도 그나마 '공식' 기록이다.
공식이라는 보수성에 기대면 실제로 더 많을
것이다. 현관문을 열고 나갔다가 다시는 돌아오지
못하는 사망자가 하루에 2명 이상 매일 발생하는
나라가 한국이다. 그럼에도 정부는 노동자
안전을 보호하는 데 힘쓰지 않는다. 입법 조직인
국회도 마찬가지다. 안전 관리에 소홀한 사업장을
처벌하자고 하더니 몇 명 이하 사업장은 빼고,
또 몇몇 기준에 맞지 않는 사업장은 봐주자면서
누더기 법안을 만들었다. 통치 조직 전반이 일하다

죽는 사람에게 별 관심이 없다.

　　　한국은 그야말로 각자도생 사회다. 우주 여행자 당신이 여기 한국에 얼마나 머물지 모르지만, 부디 머무르는 동안 스스로의 안위를 잘 챙겨야 한다. 현재의 통치 조직은 한국 국민을 보호할 의지도, 국가적 피해에 대한 위로의 의지도 없다. 비명과 절규가 가득한 세계 위에 두꺼운 암막을 씌워 놓고 모른 척하고 있다. 비유적 표현이 아니라 실제로 정부가 국민의 안위를 진지하게 걱정하거나 위로한 적 없다. 미안한 말이지만, 우주 여행자 당신이 한국 정착을 선택한 건 어쩌면 실수일지도 모른다.

　　　이쯤 되면 '그럼 한국인들은 한국에서 왜 살까'라고 의문이 들 수도 있다. 실제로 한국을 떠나자면서 '탈한국이 답이다'라고 말하는 사람들도 있다. 하지만 나고 자란 곳에서 훌쩍 떠나버리기란 말처럼 쉬운 일이 아니며, 떠나고 싶어도 도저히 떠나지 못하는 사람들이 있다. 개인의 환경이나 정서, 상황 등을 전혀 고려하지 않고 '왜 이런 나라에 사느냐'라고 비웃는 건 또 다른 모독이라 생각한다. 절망과 환장의 나라라는 걸 알지만, 알아도 살 수밖에 없는 사람들이 여기에 존재한다.

그런 의미에서 나는 이 가이드북을
여기까지 읽은 여행자 당신에게 이제 정중히
요청하고 싶다. 차라리 당신이 통치를 맡아주면 안
될까? 농담이 아니라 진지하게 당신께 부탁한다.

집권하기

대통령이란, 민주주의 국가를 통치하는 최고 결정권자를 뜻한다. 나라별로 통치의 형태는 다르겠지만, 최고 결정권자라는 위치에 걸맞게 막강한 권력을 가지고 있다. 특히 한국의 대통령은 어느 나라보다 큰 권력을 가지고 있다.

예를 들어, 법을 만드는 국회에서 어떤 법안을 표결로 통과시킨다고 해도 대통령이 '마음에 안 들면' 거부권을 발동시킬 수 있다. 그러고도 '민주주의'냐고 물을 수 있겠는데, 사실은 한국의 민주화 이후부터 2022년 초까지만 해도 이렇게 '마음에 안 든다'라는 이유로 법안을 거부하는 대통령은 없었다. 그래서 대통령의 거부권을 굳이 헌법에 계속 남겨뒀다. 하지만 이제는 시대가 달라져서 거부권을 활용하는 빈도가 잦아지고 있다. 그렇다. 여행자 당신이 생각하는 것처럼 민주주의의 근간이 흔들리고 있다.

이에 나는 여행자 당신이 애초에 한국에서 얼마나 거주하려고 했을지 모르는데도 불구하고, 당신께 대통령이 되어달라고 간절히 요청한다. 당신이 내 요청을 반드시 들어줄 이유는 없지만, 지금까지 살펴본 한국살이만 본다면 이곳에 대대적인 혁신이 필요하다는 것 정도는 공감하지 않을까 한다. 당신이 어떤 이유로 한국에 왔는지는 모른다. 다만, 잠깐의 여행으로 왔다 하더라도, 한 행성의 작은 나라를 5년 정도만 통치해보고 간다는 것도 좋은 추억이 되지 않을까? 국가의 운명을 행성 밖 존재에게 부탁하는 게 부끄럽고 슬프다는 걸 알고 있다. 하지만 고만고만한 한국 정치판에서 새 인물을 찾는 것보다 차라리 여행자 당신을 대통령으로 추대하는 게 훨씬 나을 것 같다.

대통령이 되려면 법과 제도, 외교 관계 등을 잘 알아야 하는 건 맞다. 이걸 다 알면 더 훌륭한 대통령이 되겠지만, 지금은 아니다. 여행자 당신이 만약 대통령이 된다면, 아무것도 하지 말고 참모진들이 시키는 것만 해도 된다. 차라리 그 편이 지금의 대한민국보다 훨씬 나을 것이다.

꼭 그런 사람이 있다. 괜히 아무것도 모르는데 자존심만 세서 주변의 조언을 듣지 않고 자기 마음대로 국정을 운영하다가 나라를 절망에 빠트리는 인물 말이다. 그런 인물이 되지 않으려면 여행자 당신이 한국에 대해 깊이 공부하면서 국정을 수행하거나, 아예 아무것도 하지 않고 적당한 선에서 짜여진 역할만 관습처럼 해도 된다. 그렇게만 하면 적어도 지금처럼 한국이 낭떠러지에 선 상황은 만들어지지 않을 것이다.

　　　정치 경험이나 지식이 없어도 대통령에 당선될 수 있다. 대통령으로서 갖춰야 할 기본 자질이 단 하나도 존재하지 않는데 당선된 사람도 있다. 비결은 역시나 이 가이드북에서 명시한 것들을 얼마나 잘 해내느냐다. 남성우월주의로 무장하고, 서울을 대한민국의 전부로 여기고, 학벌과 인맥으로 사람을 판단하고, 사회적 약자와 소수자를 대놓고 차별하고, 공정과 정의의 잣대를 기득권 남성 중심에 두고, 공동체의 안전은 안중에도 없이 '내 이익'만 열심히 추구하면 대통령 되기 어렵지 않다. 정치 인맥이 문제라면 돈과 부동산으로 인맥을 매수할 수 있다. 몇 차례의 청탁만 자진해서 해결해주면 어느새 '오랜 정치 동료'를 표방하는 유력 정치인 친구들이 당신 곁에 있을 것이다.

물론 대통령 선거에 출마하면 각종
전문가들이 곁에서 여러 가지 정책과 슬로건을
기획해 주겠지만, 여행자 당신도 꼭 알아야
할 게 있다. 한국에서 대통령이 되려면 딱 두
가지를 건드려야 한다. 세금과 부동산이다. 둘 다
개혁하겠다고 외치라는 게 아니다. 세금은 줄이고
부동산 가격은 올리겠다는 기조로 설득해야 한다.
세금 줄이고 부동산 가격 올리겠다 말하는 순간
일단 한국의 모든 기득권층은 당신을 밀어줄
것이다. 그들은 보수와 진보 등 정치적 신념으로
움직이지 않는다. 겉으로는 자기만의 정치
신념이 있는 것처럼 굴지만, 실제로는 내 돈 내 땅
지키기가 최우선인 사람들이다. 이 기득권층이
움직이면 그 기득권층의 특혜를 받아먹는 또
다른 기득권이 나머지를 설득한다. 연쇄작용처럼
당신은 유력 후보로 자리매김할 것이다.

이렇게 세금 줄이고 부동산 키운다는
공약을 걸었더라도, 실제 대통령이 됐을 땐 이
가이드북과 정반대의 세상을 부디 만들어줬으면
한다. 당신이 안타깝게 살펴본 이 불평등의 땅을
다 바로 잡아주길 부탁한다. 대통령 후보 때
외친 공약들은 상관없다. 한국은 어차피 공약

지키는 대통령이 없었다. '그때는 그때, 지금은 지금'이라는 태도로 밀고 나가면 어쩔 도리가 없다. 이미 여러 대통령들이 공약 지키기를 거부하거나 무시해왔다. 여행자 당신도 후보 시절 약속했던 것들은 모두 지워버리고, 한국을 처음부터 끝까지 다 바로 잡은 다음에 행성 밖 당신의 안식처로 돌아가길 부탁드린다.

가이드북을 표방한 이 책은 사실상 여행자 당신께 보내는 구조 요청이다. 나는 이 행성에 있는 어느 누가 한국의 대통령이 된다 해도 이 나라의 기이한 형태를 바로 잡지 못할 것이라고 확신한다. 같은 지구땅을 밟고 살아온 생명체로는 부족하다. 이제 당신이 나설 차례다. 당신을 전적으로 믿지는 않지만, 어차피 당신이 집권하는 국가라 해도 지금보다는 나을 것이다. 부디 건투를 빈다.

나쁜똥의
여행

나쁜 말과 나쁜 생각만 하는 똥이 있어요.
이름도 '나쁜똥'이에요.

나쁜똥은 똥의 세계 어디서도 환영받지 못했어요.
나쁜 생각으로 나쁜 말만 했기 때문이에요.

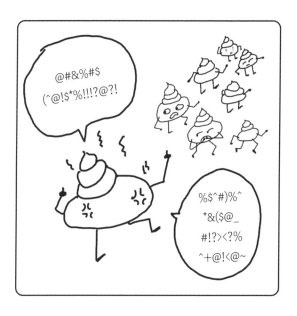

나쁜똥은 '자유'를 강조하며
자신의 악한 언행을 합리화하기 바빴어요.

그러던 어느 날,
나쁜똥은 누군가의 대화를 엿들었어요.

그거 들었어? 인간 세상에는
나쁜똥을 머리에 넣고
다니는 사람도 있대!
정말 끔찍해!

나쁜똥은 당장 인간 세상으로 향했어요.
도착하자마자 나쁜똥에게 꼭 맞는 머리를 가진
인간을 발견했어요.

나쁜똥이 자리 잡은 머리 주인은
한 나라의 왕이었어요.
드디어 나쁜똥은 헛소리를 마음대로 했어요.

그렇게 나쁜똥 머리를 가진 왕은 오늘도
나쁜똥처럼 헛소리만 하며,
스스로가 나쁜똥으로 변하고 말았답니다.

작가의 말

불편을 끼쳐드렸다면 죄송합니다.

우주 여행자를 위한 한국살이 가이드북

초판 1쇄	2023년 7월 21일
5쇄	2024년 11월 1일

글·그림	희석
편집·디자인	희석

펴낸곳	발코니
전자우편	heehee@balconybook.com
인스타그램	@balcony_book
	@wanderer_spunky
트위터(현 'X')	@gutokimchijeon

제작처	DSP(www.dsphome.com)

· 본 도서의 제목과 내지 일부에는 '정소현' 디자이너님의
  '광인' 폰트가 적용되었습니다(인스타그램: @unknown_haus).

· 도서 내용의 전부 또는 일부를 재사용하려면 반드시
  출판사 발코니와 저자의 서면 동의를 받아야 합니다.

· ISBN과 도서 정가는 책 뒷면에 표기되어 있습니다.